7 50.
6 65.

LA
RÉPUBLIQUE

ET

PHILIPPE D'ORLÉANS.

PAR

UN SOLDAT DU 29 JUILLET.

PARIS

A.-J. DÉNAIN, LIBRAIRE,

RUE VIVIENNE, N. 16,

ET CHEZ LES MARCHANDS DE NOUVEAUTÉS.

1830.

IMPRIMERIE DE J. TASTU,

RUE DE VAUGIRARD, N. 36.

LA
RÉPUBLIQUE

ET

PHILIPPE D'ORLÉANS.

———<>———

La nature, dans ses crises, offre un exemple à celles des sociétés. Elle amasse lentement, dans les profondeurs du globe, les ardentes matières de la lave et du feu; tout-à-coup, sans alarmes, sans prévision, le volcan s'é-lance, et tous ses obstacles sont anéantis.

Puis, il faut rendre à la nature sa fertilité paisible; aux champs de Sicile et de Portici leurs fruits nourriciers, leurs fleurs odorantes, et moins demeurent les restes immondes, plus tôt le calme est rétabli.

Ainsi, le peuple français, que de longues années d'outrages hypocrites avaient ulcéré, s'est levé comme un géant; aussi terrible que son Père le conquérant de la Bastille; plus éclairé, plus sage, et mieux uni dans son but.

Le matin, nos tyrans ont soulevé sur leur figure odieuse un coin du voile qui les déguisait mal. Le soir, Paris imposant et calme avait violemment arraché ce masque sanglant, et, bravant ses ennemis en face, il n'a pu que les atteindre dans leur fuite.

Population sublime! pour laquelle on cherche en vain une digne comparaison! il lui a suffi de se lever, sans cris, sans alarmes, pour consommer dans un silence énergique la chute de ses oppresseurs.

Le souffle populaire a détruit cette monarchie despotique de quatorze siècles, dont ses partisans stipendiés faisaient un bruit si vain.

Maintenant, par un prodige nouveau de ses enfans, la patrie est libre et tranquille; elle se repose sur ses armes sans les déposer, et s'agite, impatiente d'ordre, de pouvoir régulateur, autant qu'avide de liberté.

Au moment le plus terrible et le plus glorieux du combat, quel était le cri des vainqueurs? Avant que la prodigieuse activité de ce peuple eût trouvé une direction, comme elle avait un but, quel était à tous notre vœu?

Des chefs! des chefs! s'écriait-on de toutes parts. Et Paris invoquait des chefs au moment de chasser des maîtres, sachant bien que le pouvoir nouveau des premiers viendrait de Lui, et serait pour Lui.

Grâce à notre ancienne gloire, grâce à ces lauriers héréditaires dont les Bourbons voulaient nous faire rougir, le champ de bataille n'a pas plus manqué d'illustres capitaines que d'intrépides soldats, et de généreux combattans.

Mais l'histoire est là pour dire et récompenser ces merveilles que leurs auteurs ont peine à croire : à elle, de couronner les vainqueurs; à elle, d'épouvanter nos ennemis futurs.

Quand le peuple ignorait ce qu'étaient l'Etat, le pouvoir, l'ordre, peu lui importait, après la chute de ses tyrans, quelle forme de gouvernement lui serait donnée : c'est ainsi que vingt fois, depuis le 14 juillet, il a subi de vivantes bastilles, de cruels voluptueux, d'ambitieux démocrates, de tyrans militaires, de lâches pacificateurs.

Depuis quinze ans, malgré les efforts abrutissans de Charles X et de ses complices, le peuple a tout appris; il connaît tout; ses lois,

l'origine des pouvoirs, et l'avantage calculé
des gouvernemens contraires.

Aussi s'applique-t-il aux moyens de conserver ce qui lui a échappé tant de fois, ce
qu'il a tant désiré, ce qu'il vient de reconquérir
au prix d'un sang glorieux et nouveau : La
liberté !

Deux partis se présentent ; la république,
la monarchie constitutionnelle.

Les autres formes n'ont aucune popularité :
donc elles sont mauvaises.

Examinons si la république est possible.

La nation française fut toujours admirable ;
depuis le 29 juillet elle est devenue un objet
de culte aux nations ; nous ne lui ferons donc
pas l'injure de supposer, comme on l'a fait,
qu'elle n'est point assez vertueuse pour établir et
conserver un gouvernement républicain. Gloire
et respect à la Patrie ! Non, ce n'est pas un peuple
corrompu celui qui s'est arraché à ses travaux,
à sa famille, à ses besoins ; qui s'est glorieu-
sement exposé aux coups de deux armées ad-
mirables de tactique, terribles d'acharnement ;
qui, dans le cours laborieux de ces sanglantes
journées, a porté le désintéressement jusqu'au

sublime du ridicule ; qui refusait quelques pièces de monnaie pour du pain ; et qui pur de tout excès , intact de toute violation , a fait flotter l'admiration publique entre l'héroïsme et la probité !

Quels exemples de vertu républicaine les pages de l'histoire offrent-elles, que le 29 juillet n'ait réalisés ?

Ce n'est donc pas de la corruption de la France qu'il faut arguër contre une république ; d'autres motifs, plus vrais et plus puissans, doivent servir à fixer notre choix.

La France déchirée, depuis tant d'années, par les guerres de la révolution et de l'empire, n'a jamais manqué de défenseurs, quand les rois de l'Europe , tremblant pour leur domination, accoururent de toutes parts pour avoir l'honneur d'en être battus. Plus tard , ce fut nous qui allâmes, au sein de leurs capitales, planter l'étendard tricolore, et rendre les peuples conquis idolâtres de nos lois et de nos mœurs.

Pourtant la gloire est sublime, mais elle épuise les nations; comme elle vient de la guerre, elle paralyse tout : l'industrie, le commerce, les arts. Pour ces trésors , il nous faut, avec la liberté, une paix glorieuse, et que n'osent troubler les tyrans.

Avec la république, l'Europe liguée nous menace; les hideuses alliances de ses rois vont s'unir contre nous; et tandis qu'au dehors nous aurons de sanglantes victoires, au dedans, l'ambition, les partis, les vices des hommes, mettront en doute les principes et feront un vain mot du mot sacré de liberté!

Pendant ces guerres extérieures et ces divisions civiles, que deviendront notre industrie, notre commerce, notre agriculture? que deviendront les arts, premiers besoins de la civilisation? que deviendra cette douce et consolante vie d'épicuréïsme, qui sans les lumières est corruption, et avec elle raison et philosophie?

Quoi! de ce que sept bourreaux sans courage, de ce qu'un prince stupide et entêté, auront voulu nous ravir d'un seul jour notre liberté, nos droits, notre pacte social; de ce qu'il a fallu, pour renverser ce pouvoir dégradant, qu'un noble peuple se levât, comme un lion harcelé par l'onagre du désert; de ce que nous avons chassé pour toujours ces brutaux ennemis des lois, il faudra que nous renoncions à tout ce qui flattait nos besoins, nos plaisirs, nos intelligences, il y a quelques jours ! Il faudra que nous subissions la guerre ; que nous courions les hasards d'une impuissante organisation, d'un pouvoir divisé en factieux, enfin que nous soyons punis d'avoir tiré l'épée pour conquérir nos droits !

Qui oserait dire que la France ait besoin de faire ses preuves en fait de courage et de grandeur !

La Bastille, Austerlitz, le 29 juillet, telle serait sa foudroyante réponse !

Imitons ces intrépides hommes d'épée, qui refusent le duel sans flétrir leur réputation. Quand une guerre juste, nationale, avantageuse, se présentera, il n'est pas en France un citoyen capable de soulever un fusil, qui ne vole avec joie au secours de son pays.

Sans désirer ni craindre cette agression que toujours nous pourrons repousser, appliquons-nous plutôt à devancer la marche trop lente du temps ; faisons franchir à nos progrès tout l'incommensurable espace qui sépare les viles ordonnances de Saint-Cloud de notre victoire patriotique du 29 juillet.

S'il nous faut renoncer à la république, s'il nous faut secouer ce rêve brillant et généreux que les nobles cœurs ont tant de motifs de former, voyons quels sont les avantages démocratiques qu'il nous faut transporter à la monarchie, mal nécessaire, transaction indispensable, *mais que cette fois il est en notre pouvoir d'accorder.*

D'une monarchie nouvelle et pure de crimes héréditaires, date pour nous une ère indéfinie de liberté.

Ce serait mal apprécier les nouveaux avantages qui nous sont promis, que de faire un retour sur le gouvernement prétendu constitutionnel qui nous opprimait à petits coups obscurs, à petites menées ignobles depuis plus de quinze ans.

Philippe d'Orléans est entré dans Paris, proclamant un mot qui sera recueilli par l'histoire : *Une Charte*, a-t-il dit, *sera désormais une vérité !*

Ceci a été à la fois un enseignement pour l'avenir, et une vive peinture du passé.

Quand les élémens démocratiques de la charte de Saint-Ouen seront exécutés avec la bonne foi qui les fit accueillir du peuple ;

Quand la lie aristocratique laissée par les rois au fond de la coupe, aura cessé de la salir ;

Quand l'influence ambitieuse du clergé ne souillera plus la religion, et que tout culte sera libre ;

Quand le prince sera intéressé le premier à la conservation de nos droits ;

Quand les lois faites par le peuple n'auront pour interprétateurs que des magistrats populaires ;

Quand la presse, qui fit notre salut, sera affranchie des entraves et du privilége qu'elle a tant combattus ;

Quand l'administration locale sera choisie par ceux qui doivent en attendre justice et protection ;

Quand la pairie sera la récompense avouée de toute grande illustration, et non plus un droit de caprice ou de naissance ;

Quand les mandataires de la nation seront appelés à cette gloire civique par le vœu public, par l'opinion de tous ;

Quand les ministres et les agens du pouvoir seront personnellement responsables de leurs actes ;

Quand le monopole des états, le régime des exceptions, l'empire des priviléges n'entraveront plus l'industrie grande ou petite, le commerce des riches et le modeste travail des classes ouvrières ;

Quand, détruisant une monstruosité juridique, nos lois donneront aux citoyens qui connaissaient des crimes publics, le droit de juger aussi les délits de la presse libre ;

En un mot, quand la loi sera au peuple, et l'administration au souverain :

Alors, *la Charte sera une vérité.*

Tous ces progrès inespérés il y a quelques jours, tous ces droits que notre sang a payés, une monarchie constitutionnelle nous les garantit avec plus de force qu'un État républicain.

Peut-être la première de ces formes est-elle la plus parfaite dans une extrême civilisation, peut-être aussi l'expérience du passé peut nous calmer sur l'avenir.

Ce principe admis, quel homme choisirons-nous digne de cette haute mission ? d'autant plus élevé au-dessus des autres rois que son pouvoir sera soumis aux lois du peuple, d'autant plus amant de la liberté qu'il lui devra son élévation !

Nous avons vu à l'Hôtel-de-Ville un homme qui fut notre concitoyen : précédé du drapeau tricolore, il souriait à la vue des saintes couleurs pour lesquelles il combattit à Jemmapes. Lafayette le pressait dans ses bras, et reconnaissait en lui l'un de ses anciens soldats nationaux. Il y avait quelque chose de touchant dans cette entrevue d'un prince fait citoyen à force de patriotisme, et d'un citoyen devenu prince à force de popularité. Cependant un député du peuple lisait des plans de bonheur et de progrès pour la France, et la loyauté toute française de l'ami de Lafayette l'interrompait en approuvant. Alors, des épées brillèrent en signe de joie; le canon gronda pour la première fois pacifique, et Philippe d'Orléans, agitant l'étendard de la patrie, se montra sur la place où cent mille voix le saluèrent avec transport.

Après tant de scènes d'enthousiasme où la vigueur des esprits lassés semblait manquer à l'admiration, cette fête du peuple émut encore tous les spectateurs.

Français! le député de votre choix, Lafayette, qui depuis un demi-siècle commande vos saintes légions; les généraux qui vous ont guidés au combat, se réunissent pour offrir à votre choix Philippe d'Orléans.

Voudriez-vous manquer de confiance en ceux que vous avez honorés de tant de preuves d'estime?

Si la limite des pouvoirs que nous leur avons attribués les empêche de déclarer Philippe notre chef; s'il est nécessaire que la représentation nationale décide de notre gouvernement; néanmoins, le choix important, le poids immense des fonctions que Philippe d'Orléans a déjà acceptées, nous font présager sa future élévation.

Le principe de *l'autorité* en matière de jugemens, est souvent inadmissible; mais un chef présenté par Lafayette et Benjamin Constant, par Gérard et Schonen, offre-t-il rien dont les amis de la liberté puissent concevoir un soupçon ?

Et quel homme, en effet, se présente plus digne de notre choix! Républicain dès ses jeunes années, seul de sa famille rejetant les offres de l'étranger; odieux à la cour que nous venons de chasser; opposé à ses vexations, à ses crimes; instruit à l'école du malheur, et gémissant même aujourd'hui des maux de la patrie ; un cœur de père, chose si rare chez les grands ! mêlant à notre éducation celle de ses fils ; rempli de ces qualités privées que dédaignent les rois, et qu'adorent les peuples ; ennemi des folles prodigalités ; philosophe ami de la raison au milieu d'une cour bigotte, Français avant tout, tel est Philippe d'Orléans, tel est le prince que nous proposent nos défenseurs. Que la France écoute, juge et décide.

Il savait la confiance qu'inspire son nom, celui qui, au terrible signal de la catastrophe royale, est entré dans Paris seul, sans garde, entouré de notre respect ! Ainsi, quand un grand crime est commis, le coupable se découvre par la fuite, tandis que l'innocent, pour dissiper tout soupçon, accourt auprès des juges montrer un front calme qui l'absout.

Philippe d'Orléans à notre tête, le grand mouvement que notre glorieuse révolution va soulever en Europe, nous deviendra utile au lieu de nous être ennemi. L'orgueil des rois despotes pactisera mieux avec un prince qu'avec des républicains : l'alliance formée, il restera à la haute raison de Philippe de mépriser ces vaines formules d'étiquette qui nous auront fait le repos.

Et puis, devant cette consolante pensée d'un calme libre dont notre génération n'a point encore joui, l'ame éprouve je ne sais quel heureux repos, sentiment encore inoui parmi nous. Qui de nous ou de nos pères a joui de ce doux état! Est-ce sous l'oppression de l'ancien régime? sous les luttes ensanglantées de la révolution? dans l'agitation des pouvoirs qui nous conduisit à l'empire? Est-ce au milieu de cet empire lui-même, où le despotisme de l'épée fit la condition de sa gloire? Enfin, les quinze années que nous venons de subir, tous ces mesquins outrages prodigués à une grande nation, ces déceptions de chaque jour, ces insultes d'un ministère ignoble, d'une cour odieuse, tout cela n'a fait que presser nos désirs vers le but. Il est arrivé : jouissons de cette heure qui nous appartient; et, dans la paix, cherchons les moyens d'éterniser le bonheur de notre belle patrie.

Philippe d'Orléans est destiné à seconder chez nous ce triomphe paisible du commerce et des travaux du génie. Ami des arts, il osait les protéger dans une cour où tout sentiment généreux était de l'opposition, où toute noble pensée était une insulte au prince ; comme si l'idée du talent et du mérite était pour les Bourbons un parallèle avilissant ! Aujourd'hui, que ne fera-t-il pas ? lui qui, devenu notre premier citoyen, pourra protéger en monarque ce qu'il encourageait comme particulier !

Ceci peut être d'un poids immense dans la balance de notre choix. Déjà, quand nos pères demandaient du *pain* et du *fer*, leurs habitudes répugnaient à la durée de cet état de gêne : aujourdhui, que les progrès de la civilisation nous ont fait tant de nouveaux besoins, nous avons toutes les vertus républicaines, le courage, la fermeté, le calme, l'amour de la liberté : une seule ne pourrait être exercée qu'à nos dépens ; une austérité de mœurs, dont notre siècle éclairé et poli a rejeté la pratique.

Il n'est point dans le monde d'exemple auquel nous puissions rapporter notre nouvelle forme de gouvernement. Ce qu'il y a d'avantageux pour le repos dans la monarchie, et les garanties libérales d'une république formeront un ensemble nouveau.

Ceux d'entre nous, qu'une généreuse indignation contre le pouvoir royal fait incliner pour les formes simples d'une république, ont une excuse suffisante dans leurs nobles sentimens. Je les supplie cependant d'examiner la source d'où nous vient ce nouveau chef: Philippe d'Orléans appuyé sur Lafayette, et tenant le drapeau tricolore, voilà un tableau qui doit nous réunir tous.

La liberté fut le rêve de mes jeunes années, le but de ma vie entière; les tyrans ont voulu l'opprimer, et j'ai aussi combattu pour la conquérir. Parvenu à ce terme de mes vœux, de mes espérances, j'ai tremblé qu'une division fatale ne compromît tant et de si beaux résultats. Il m'a paru que les mandataires du peuple avaient fait un digne choix, et que Philippe à notre tête nous pouvions espérer des siècles de liberté. Je n'ai pas hésité à publier les motifs qui ont éclairé ma conscience.

O France! belle et noble patrie! que de glorieuses destinées te sont promises encore! toi qui, malgré tant de rois, malgré la honteuse domination de tant de priviléges, a su te placer au premier rang des nations, quels prodiges vas-tu réaliser avec la liberté! Ton sol

fertile va doubler de fécondité, quand tes
fils recueilleront seuls le fruit de leurs travaux;
affranchie d'entraves, ton industrie va for-
cer les tributs de l'étranger; ton commerce,
paisible conquérant, visitera ces lieux où s'é-
lèvent encore les monumens de notre gloire;
les arts, fils du ciel, muets dans l'esclavage,
embelliront tes loisirs et chanteront ta grandeur. Grâce à l'aveugle fureur de nos tyrans, un seul jour nous aura valu ces merveilles: ce n'est pas trop d'un peu de sang glo-
rieusement versé, pour assurer à nos heureux
enfans cette liberté que nos pères n'avaient
pu nous léguer malgré tant d'efforts!

FIN.

www.ingramcontent.com/pod-product-compliance
Lightning Source LLC
Chambersburg PA
CBHW070804200626
46811CB00023B/1705